DES BESTIOLES DÉGOÛTANTES

EFFRAYANTES MAIS INTÉRESSANTES

Alan Walker

Un livre de la collection
Les jeunes plantes de Crabtree

crabtreebooks.com

TABLE DES MATIÈRES

INSECTE, PUNAISE OU LES DEUX?

Les scientifiques classent les organismes vivants en six groupes appelés *règnes*.

Les six règnes :

Archéobactéries

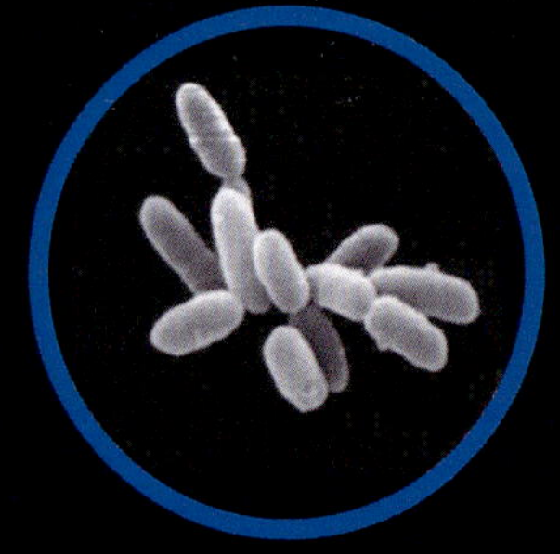

Eubactéries

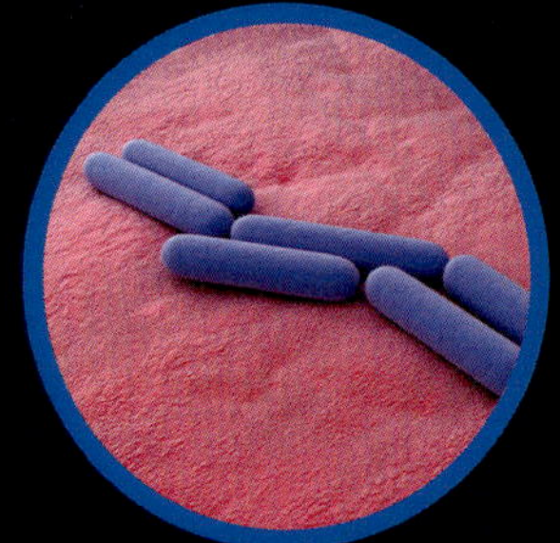

Protistes

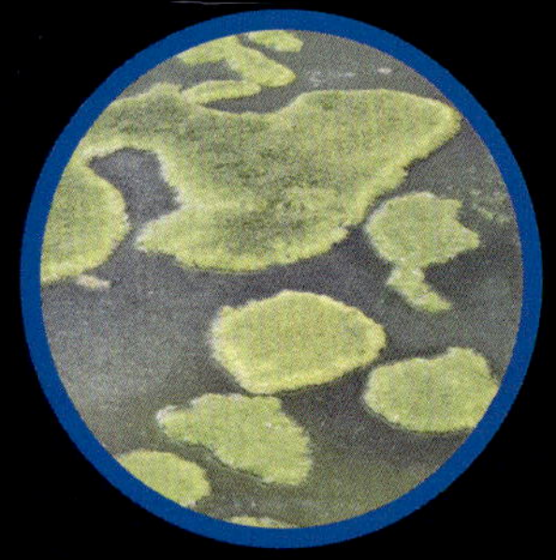

Champignons

Plantes

Animaux

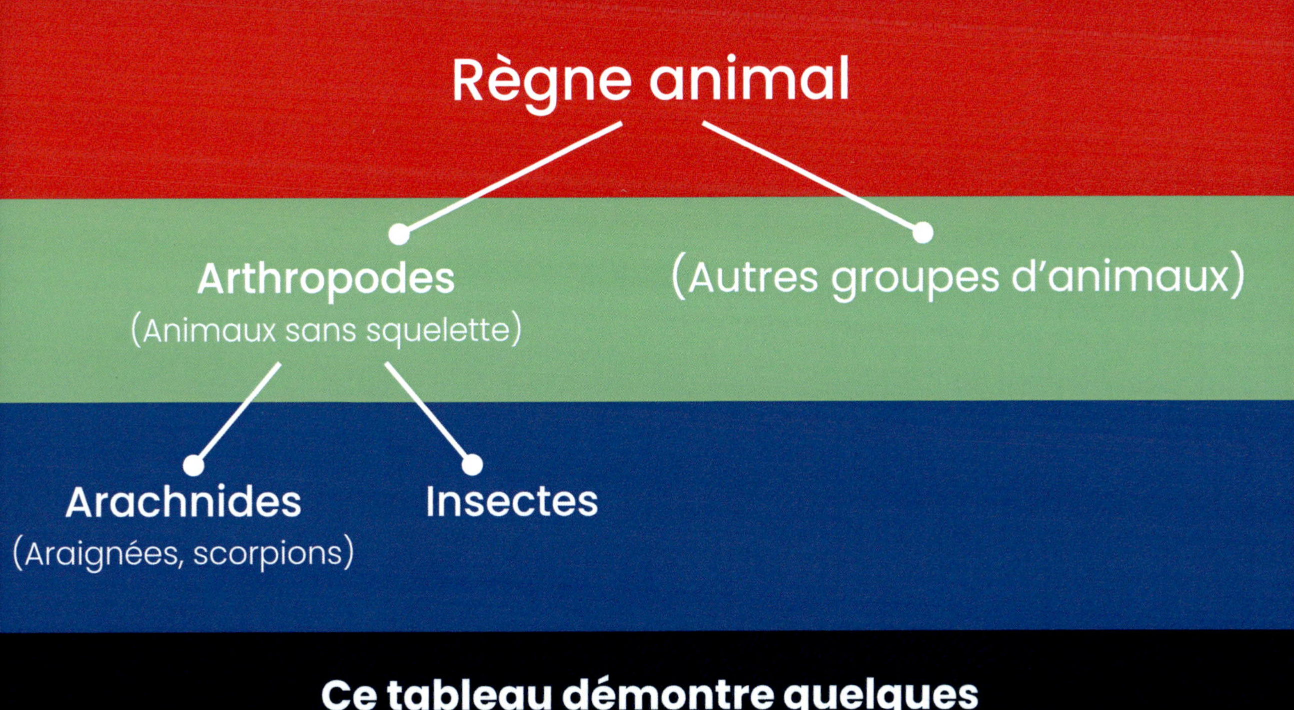

Ce tableau démontre quelques groupes dans le règne animal.

Les insectes sont regroupés parce qu'ils ont six pattes, une coque externe dure et deux antennes.

EFFRAYANT OU INTÉRESSANT?

Il y a environ 300 millions d'années vivaient des insectes semblables à des libellules dont l'envergure des ailes atteignait presque 3 pieds (1 mètre)!

Meganeura **était un type d'insecte qui ressemblait beaucoup à une libellule géante. Certaines étaient de la taille d'un gros faucon!**

Punaise est un mot que les gens utilisent souvent pour un insecte. Mais les scientifiques disent que seuls quelques insectes peuvent être appelés des punaises. La différence est dans les parties de la bouche...

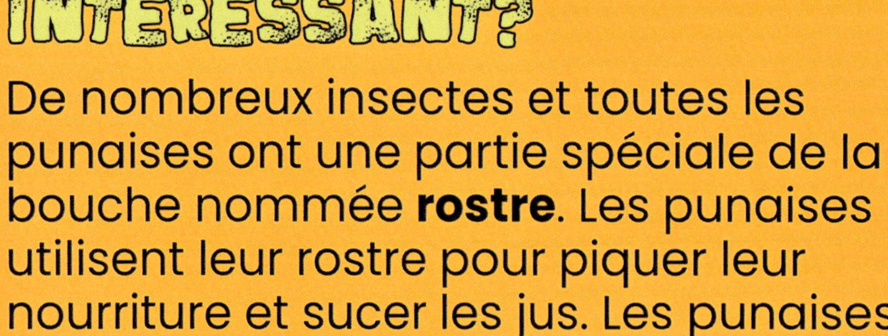

EFFRAYANT OU INTÉRESSANT?

De nombreux insectes et toutes les punaises ont une partie spéciale de la bouche nommée **rostre**. Les punaises utilisent leur rostre pour piquer leur nourriture et sucer les jus. Les punaises ne peuvent pas enrouler leur rostre—seuls les insectes le peuvent.

Le papillon peut
enrouler son rostre.

e punaise ne peut pas
r son rostre.

DES BESTIOLES TUEUSES

Il existe de nombreux types de bestioles tueuses. Tous sont des **prédateurs** qui mangent d'autres insectes, des araignées, des millipèdes—et parfois des humains!

Les bestioles tueuses sont des chasseuses redoutables.

EFFRAYANT OU INTÉRESSANT?

Le réduve masqué se couvre de poussière ou de peluches. Ce **camouflage** l'aide à se cacher des autres prédateurs ou des **proies**.

La salive de la punaise de la roue **paralyse** sa proie et transforme l’intérieur de sa proie en un liquide coulant! Il est ainsi plus facile de la manger!

La punaise de la roue utilise son rostre pour injecter sa salive paralysante.

Les triatomes mordent les animaux et les gens et sucent leur sang!

EFFRAYANT OU INTÉRESSANT?

On les appelle aussi punaises amoureuses, car elles mordent le visage de leur victime autour de la bouche et des yeux.

DES BESTIOLES QUI SENTENT TRÈS MAUVAIS!

punaise marbrée

Lorsqu'ils sont menacés, les pentatomes émettent une mauvaise odeur pour se défendre.

EFFRAYANT OU INTÉRESSANT?

Le corps des pentatomes est doté d'organes spéciaux sous le thorax. Ces organes produisent les mauvaises odeurs qui repoussent les prédateurs.

En plus d'utiliser les mauvaises odeurs, certains pentatomes ont d'autres moyens de se défendre.

La punaise verte utilise le camouflage pour se cacher sur une feuille!

Les couleurs vives de la punaise arlequine avertissent les prédateurs de ne pas approcher!

EFFRAYANT OU INTÉRESSANT?

Les ailes du fulgore porte-lanterne arborent des motifs de grands yeux pour effrayer les prédateurs.

PATINEURS, NAGEURS ET GÉANTS

De nombreuses punaises vivent dans les étangs, les rivières et les ruisseaux. Ces insectes se déplacent de différentes façons.

Les araignées d'eau, aussi appelées patineurs d'eau, ont des poils sur leurs pieds qui leur permettent de se tenir debout sur l'eau, ou de patiner sur la surface de l'eau.

EFFRAYANT OU INTÉRESSANT?

Contrairement aux vrais scorpions, le scorpion d'eau utilise sa queue comme un tuba, et non comme une arme.

Le scorpion d'eau utilise ses pattes arrière comme des rames pour se déplacer sur l'eau.

La punaise d'eau géante peut atteindre une longueur de 6 pouces (15 centimètres). Elle se nourrit d'insectes, de poissons, de grenouilles et de **crustacés**.

Dans certains pays, les gens mangent des punaises d'eau géantes.

Glossaire

camouflage (ka-mou-flaj) : Des couleurs ou des motifs qui aident les animaux à se fonde à leur environnement

crustacés (krus-ta-ssé) : Des créatures aquatiques dotées d'un exosquelette, comme les crabes, les homards et les crevettes

paralyse (pa-ra-liz) : Rend quelque chose ou quelqu'un incapable de bouger

prédateurs (pré-da-teur) : Des animaux qui chassent et mangent d'autres animaux

proies (proa) : Des animaux qui sont chassés et mangés par d'autres animaux

rostre (rosstr) : Une partie de la bouche en forme de tube que les insectes utilisent pour se nourrir

Soutien de l'école à la maison pour les parents, les gardiens et les enseignants

Ce livre aide les enfants à se développer grâce à la pratique de la lecture. Voici quelques exemples de questions pour aider le lecteur ou la lectrice à développer ses capacités de compréhension. Les suggestions de réponses sont indiquées en rouge.

Avant la lecture

- **De quoi ce livre parle-t-il?** *Je pense que ce livre parle de bestioles effrayantes. Je pense que ce livre parle des moyens de défense des bestioles.*
- **Qu'est-ce que je veux apprendre sur ce sujet?** *Je veux savoir pourquoi certaines bestioles piquent les gens. Je veux apprendre les différentes catégories d'insectes.*

Pendant la lecture

- **Je me demande pourquoi...** *Je me demande pourquoi certaines personnes appellent les insectes des bestioles. Je me demande pourquoi certains insectes mangent d'autres insectes.*
- **Qu'est-ce que j'ai appris jusqu'à présent?** *J'ai appris que certains insectes se couvrent de poussière ou de peluche pour se cacher des prédateurs. J'ai appris que la salive de certaines punaises paralyse leur proie.*

Après la lecture

- **Nomme quelques détails que tu as retenus.** *J'ai appris que certains insectes mordent les animaux et les gens et sucent leur sang. J'ai appris que les pentatomes émettent une mauvaise odeur pour se défendre contre les prédateurs.*
- **Lis le livre à nouveau et cherche les mots du glossaire.** *Je vois le mot **rostre** à la page 8 et le mot **camouflage** à la page 11. Les autres mots du glossaire se trouvent à la page 23.*

Crabtree Publishing

crabtreebooks.com 800-387-7650

Version imprimée du livre produite conjointement avec Blue Door Education en 2021.

Paperback 978-1-0396-0833-7
Ebook (pdf) 978-1-0396-0845-0
Epub 978-1-0396-0857-3
Read-along 978-1-0398-0335-0
Audio book 978-1-0396-6666-5

Catalogage avant publication de Bibliothèque et Archives Canada

Titre: Des bestioles dégoûtantes / Alan Walker ; texte français d'Annie Evearts.
Autres titres: Beastly bugs. Français.
Noms: Walker, Alan (Écrivain pour la jeunesse), auteur.
Description: Mention de collection: Effrayantes mais intéressantes | Les jeunes plantes de Crabtree | Traduction de : Beastly bugs. | Comprend un index.
Identifiants: Canadiana (livre imprimé) 20210285893 | Canadiana (livre numérique) 20210285915 | ISBN 9781039608337 (couverture souple) | ISBN 9781039608450 (HTML) | ISBN 9781039608573 (EPUB)
Vedettes-matière: RVM: Insectes—Ouvrages pour la jeunesse. | RVM: Insectes prédateurs—Ouvrages pour la jeunesse. | RVMGF: Documents pour la jeunesse.
Classification: LCC QL467.2 .W3514 2022 | CDD j595.7—dc23

Publié au Canada par Crabtree Publishing
616 Welland Avenue
St. Catharines, Ontario
L2M 5V6

Publié aux États-Unis par Crabtree Publishing
347 Fifth Avenue
Suite 1402-145
New York, NY 10016

Auteur : Alan Walker
Traduction : Annie Evearts

Références photographiques : Photo de la couverture ©shutterstock.com/Jirasak Chuangsen, p. 5 (gros coléoptère) ©shutterstock.com/Krissanakorn Phadungkarn, autres images Sebastian Kaulitzki, dominique landau, Nicky Rhodes, Light & Magic Photography, worldswildlifewonders, p. 6 ©shutterstock.com/Kirsanov Valeriy Vladimirovich, p. 7 (meganeura) ©shutterstock.com/ Warpaint, silhouette de libellule ©shutterstock.com/Algonga, silhouette d'humain © Michal Sanca, p. 9 (punaise de la roue) ©shutterstock.com/Gerry Bishop, papillon ©shutterstock.com/Olga Bogatyrenko, p. 10-11 ©shutterstock.com/RAMLAN BIN ABDUL JALIL, p. 11 (photo en médaillon) ©shutterstock.com/D. Kucharski K. Kucharska,p. 12-13 ©shutterstock.com/Michael G McKinne, p. 14-15 ©shutterstock.com/schlyx, p. 16-17 ©shutterstock.com/Marco Uliana, p. 18 ©shutterstock.com/Alonso Aguilar, p. 19 ©shutterstock.com/Peter Yeeles, photo en médaillon ©shutterstock.com/COULANGES, p. 20 ©shutterstock.com/mjf99, p. 21 ©shutterstock.com/ Kirsanov Valeriy Vladimirovich, p. 22 © AndrewASkolnick, p. 22 ©shutterstock.com/Pheobus, (photo en médaillon) ©shutterstock.com/nicemyphoto; archéobactérie p. 4, gracieuseté de la NASA

Imprimé au Canada/032024/CP20240322